Título original: *El Capital de Karl Marx!*, texto adaptado por Joan R. Riera e ilustrado por Liliana Fortuny
© 2014, Ediciones La Lluvia (Espanha)
© desta edição, Boitatá, 2018

1ª edição: fevereiro de 2018;
10ª reimpressão: janeiro de 2025

um selo da BOITEMPO
Jinkings Editores Associados Ltda.
Rua Pereira Leite, 514
05442-000 São Paulo SP
Tel.: (11) 3875-7250 | 3872-6869
contato@editoraboitata.com.br
boitata.com.br
boitata | editoraboitata

Direção editorial Ivana Jinkings
Edição e tradução Thaisa Burani
Coordenação de produção Juliana Brandt
Assistência de produção Livia Viganó
Revisão Isabella Marcatti
Diagramação e capa Otávio Coelho

CIP-BRASIL. CATALOGAÇÃO NA PUBLICAÇÃO
SINDICATO NACIONAL DOS EDITORES DE LIVROS, RJ

R421c

Riera, Joan R.
  "O capital" para crianças / Joan R. Riera ; ilustração Liliana Fortuny ; tradução Thaisa Burani. - 1. ed. - São Paulo : Boitatá, 2018.
      il.

  Tradução de: El capital de Karl Marx
  ISBN 978-85-7559-609-8

  1. Economia - Literatura infantojuvenil. 2. Literatura infantojuvenil catalã. I. Fortuny, Liliana. II. Burani, Thaisa. III. Título.

18-47334   CDD: 028.5
           CDU: 087.5

Publicado em 2018, ano em que se celebraram os duzentos anos de nascimento de Karl Marx, este livro foi composto em AG Book Rounded e reimpresso em papel Chambril Book 180 g/m², pela gráfica Piffer Print para a Boitempo, em janeiro de 2025, com tiragem de 2 mil exemplares.

"O CAPITAL" PARA CRIANÇAS

Adaptação do texto: Joan R. Riera   Ilustrações: Liliana Fortuny

Muito bem, crianças. Vou contar uma história que aconteceu de verdade, e que ainda acontece em muitos lugares do mundo.

Era uma vez, na Inglaterra, há muitos anos, milhares de camponeses que passavam fome por culpa das más colheitas. Eles tiveram de se mudar para a cidade grande, para procurar trabalho.

Foi assim que o herói desta história, um jovem chamado Frederico, chegou à cidade de Liverpool, para tentar ganhar a vida costurando meias em uma fábrica têxtil.

Mas vovô Carlito, Liverpool não era a cidade dos Beatles?

Meus pais adoram, sempre escutamos no carro!

— Sim, porém, naquela época, Liverpool era uma cidade cinzenta, cheia de chaminés e de poluição.

A pessoa que contratou Frederico lhe disse que pagaria três libras pela jornada diária para tecer as meias. Portanto, ele ganharia dezoito libras por semana, trabalhando de segunda a sábado.

— Seis dias de trabalho? Não é muito? Meus pais trabalham cinco.

— Vô, mas quem era essa pessoa que contratou Frederico?

Antigamente, a pessoa que contratava chamava-se capataz, patrão ou amo. Hoje, costuma-se chamar empresário, chefe ou gerente. Já quem era contratado (isto é, o Frederico), antes era chamado de operário ou proletário. Hoje, costumamos chamar de trabalhador, funcionário ou empregado.

operário, proletário, funcionário ou empregado.

capataz, patrão, amo, empresário, chefe ou gerente.

Frederico aceitou a jornada e começou a trabalhar doze horas por dia.

— Não estou exagerando! Acontece que hoje, felizmente, conseguimos melhorar um pouco a situação e trabalhamos oito horas por dia. Contudo, ainda há muitos lugares no mundo onde se trabalha doze horas por dia ou mais. — disse o avô Carlos.

Voltemos ao jovem Frederico...

Um dia, ele foi à feira comprar justamente um par das meias que tecia...

E não pôde acreditar: um par custava duas libras! Frederico não entendeu por que custava tão caro, se lhe pagavam apenas 25 centavos por cada par que ele fabricava.

Frederico tinha razão. Isso não é meio injusto, vô Carlito?

— Claro que é injusto, e Frederico percebeu isso. Mas deixe-me terminar a história.

Um companheiro com quem Frederico conversou disse que ele tinha razão, mas que, para saber o custo do par de meias, era preciso somar ao seu trabalho o custo do carvão, da lã e das máquinas...

Então Rosa, que era a contadora da fábrica, se ofereceu para calcular quanto custava produzir cada par de meias.

Rosa passou um domingo inteiro, seu único dia de descanso, fazendo contas e mais contas, para calcular qual era o preço real de cada par de meias.

Os companheiros da fábrica tinham sorte de Rosa saber somar e subtrair, porque, no século 19, pouquíssima gente tinha o privilégio de ir à escola.

Frederico estava impaciente para entender os cálculos de sua companheira, pois sabia que, apesar dos custos de produção, seu patrão obtinha muito mais benefícios do que ele.

Pessoal, terminei as contas. Por cada par de meias vendido, o comerciante ganha 10 centavos e Frederico ganha 25 centavos. Para pagar os custos de produção são necessários 30 centavos. Assim, sobram 1,35 libras, que é o mais-valor, isto é, o lucro do patrão.

Frederico convenceu os companheiros de fábrica que o mais-valor era injusto. Não era certo o patrão ser rico graças ao trabalho que eles realizavam, e eles, por sua vez, serem pobres.

Assim, dirigindo-se a seus companheiros, exclamou:

Companheiros, sem nós a fábrica não pode funcionar! Parem pra pensar. Se amanhã fizermos greve e não viermos trabalhar, o patrão perderá muito mais dinheiro do que nós e terá de aumentar nossos salários.

Na manhã seguinte, ninguém foi trabalhar.
Os operários estavam em greve!

Frederico entregou uma carta ao patrão, na qual os trabalhadores pediam melhores condições de trabalho.

O dono da fábrica estava de mau humor, mas leu a carta com atenção e também estudou os cálculos de Rosa.

Depois de inúmeras reuniões com os trabalhadores, acabou concordando em reduzir o mais-valor e dividir parte dos lucros da empresa com eles. Também concordou em reduzir a jornada para oito horas e aumentar os salários.

Na fábrica, trabalhadores e trabalhadoras ficaram tão felizes com a negociação que fizeram uma grande festa. Eles se deram conta de que unidos poderiam conquistar muitas coisas.

Frederico e Rosa decidiram viajar pelo mundo para contar essa história a operários de outras fábricas, para que todos pudessem viver melhor.

Questões para refletir e debater

Este roteiro é um convite para a reflexão: ele pode ser lido sozinho ou em grupo, na escola ou em casa. Pare e pense. Volte ao livro. Releia, observe as ilustrações. Troque ideias com seus amigos, professores ou com alguém da sua família.

1. No fim da história, o patrão concordou em aumentar os salários, diminuir a jornada de trabalho e dividir os lucros com os funcionários. Você achou justo?

2. O que poderia mudar na nossa sociedade para que as pessoas trabalhem mais felizes?

3. Converse com alguém da sua família que já trabalhe e pergunte como é a profissão dessa pessoa. Ela é empregada ou dona da empresa? Gosta do que faz? E o pagamento, ela acha justo?

4. E se os trabalhadores montassem uma fábrica sem patrão, você acha que isso seria possível? Como funcionaria?

5. Este livro é inspirado em uma obra muito famosa, chamada **O capital**, que foi escrita pelo filósofo alemão Karl Marx. Você já tinha ouvido falar dele ou da obra? E o que será que significa "capital"? Vamos pesquisar!